SOMBRAS en el ARCOÍRIS

A LA
ORILLA
DEL VIENTO

Este libro es para todos los que creen que quienes no piensan
o viven como ellos no tienen un lugar en este mundo.
No es de esas dedicatorias tipo "con mucho cariño" y demás,
pero justo en ellos pensaba cuando lo escribí.
M. B. B.

Primera edición, 2017

Brozon, Mónica B.
Sombras en el arcoíris / Mónica B. Brozon ; ilus. de Raúl Nieto Guridi. — México : FCE, 2017
64 p. : ilus. ; 19 x 15 cm — (Colec. A la Orilla del Viento)
ISBN: 978-607-16-4800-6

1. Literatura infantil I. Nieto Guridi, Raúl, il. II. Ser. III. t.

LC PZ7 Dewey 808.068 B262s

Distribución mundial

Carretera Picacho Ajusco, 227; 14738 Ciudad de México
www.fondodeculturaeconomica.com
Comentarios: librosparaninos@fondodeculturaeconomica.com
Tel.: (55)5449-1871

Colección dirigida por Socorro Venegas
Edición: Angélica Antonio Monroy
Formación: Miguel Venegas Geffroy

ISBN 978-607-16-4800-6

Impreso en México • *Printed in Mexico*

SOMBRAS en el ARCOÍRIS

M. B. BROZON

ilustrado por

GURIDI

Diferente

Jerónimo me dijo que llegaría temprano. Por eso me subí desde las ocho, en cuanto terminé de ver *Hora de aventura* y de cenar mis tres donas. Nunca me como tres, si acaso una o una y media, pero ahora estaba renerviosa.

¿Qué pensará Jero que significa *temprano*? Son las nueve y diez. Intento leer, pero no puedo concentrarme, así que saco mis hilos y sigo tejiendo mi pulserita de nudos con los colores del arcoíris. Esto es mejor porque, mientras hago nudos, puedo pensar en otras cosas. Mientras leo, no. O bueno, sí, pero entonces llego al final de la página y me doy cuenta de que no entendí nada.

¡Llegó! Oigo el ruido de carcacha que hace su coche. Recién sacó su permiso y mis papás le dieron un auto viejo y grandote que no corre mucho y está hecho de una lámina gruesa y pesada. Que por seguridad. Él luego luego lo bautizó como *El acorazado* por una película supervieja que le gustó.

Guardo mi pulserita, me meto en la cama y apago la luz para oír mejor. No sé por qué escucho mejor sin luz. Será porque no veo nada y los poderes de todos mis sentidos se me concentran en los oídos.

—¿Qué onda? —saluda Jero a mis papás, que se quedaron viendo una película cuando terminó mi programa.

Ellos le contestan. Luego ya no oigo muy bien, parece que bajaron la voz.

Ya no se oye tampoco la película.

Me acerco a la puerta de mi cuarto, pero apenas llegan sus voces. Creo que se fueron a la cocina. No, pues así cómo. Claro que el trato con Jero no era que podía yo estar de chismosa en su conversación. Sólo que me subiría temprano. Me meto de nuevo en la cama y froto mis pies-paleta-helada contra la cobija. Siempre están refríos, pero ahora peor; yo creo que son los nervios. Se me van pasando poco

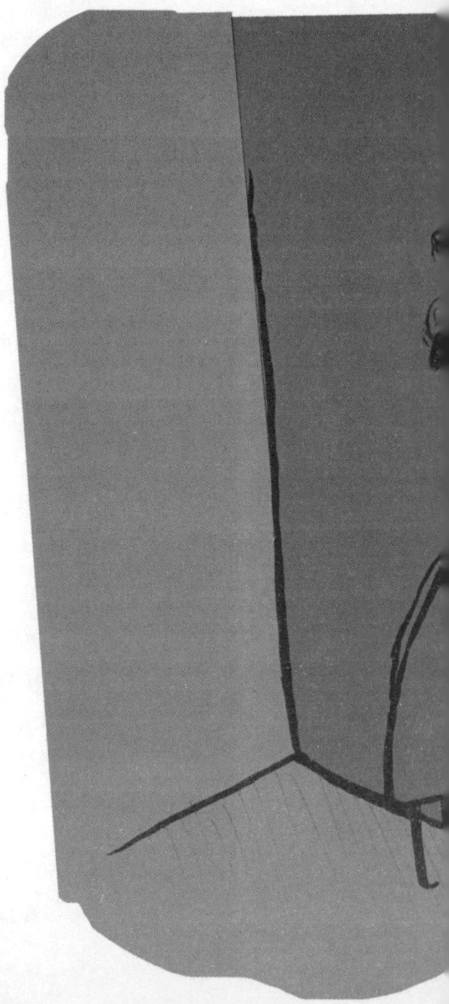

a poco, porque no oigo gritos ni trastes rotos. Tampoco el motor del coche carcachoso de Jero arrancando para irse a otro lugar. Respiro hondo pero calladito, para no perder ningún sonido.

Mis pies agarran calor y, como siempre me pasa también, automáticamente se me empiezan a cerrar los ojos.

Sueño con el hornito mágico que me trajo Santaclós hace años. Es un sueño-recuerdo. Jero y yo hacemos pasteles: ése es el recuerdo. Y nos salen bien buenos: ése es el sueño. La verdad es que todos los pasteles que hicimos con ese horno nos supieron siempre a harina cruda.

El toquido clave que tengo con Jero —un golpe fuerte, una pausa, dos golpes seguidos cortos y luego otro fuerte— se mete un poco en mi sueño. Un momento después, el rechinido de la puerta me saca del sueño, justo cuando muerdo uno de los pasteles

que tiene merengue rosa y una cara feliz. En realidad estoy mordiendo una esquina de mi almohada.

—Pssst, Cons —oigo a Jero, que se acerca hasta mi cama y se agacha para darme un beso—. Todo va a estar bien, chaparra.

No escucho más, regreso a mi sueño y esta vez veo frente a mí un pastel enorme, no como si lo hubiéramos hecho en mi hornito de juguete sino en el de verdad, con merengue de arcoíris, con los mismos colores de mi pulsera de hilos.

Papá me despierta como todos los días: me pone la mano en la espalda o en la panza —depende de si amanecí boca abajo o boca arriba— y me mueve como hacen esos aparatos que usan para mezclar las pinturas de las paredes, pero un poco menos rápido. Ahora estoy boca arriba, así que al abrir los ojos veo su cara frente a la mía. La miro con atención. No encuentro nada distinto en su gesto. No tiene la arruguita que se le forma entre las cejas cuando se molesta. Me da el mismo beso de todas las mañanas, con la misma sonrisa, y yo, como siempre, me hago un poco guaje para levantarme y él termina por cargarme y ponerme de pie en el tapete que está al lado de mi cama.

O sea, todo normal.

Así el día hasta que suena el timbre de salida de la escuela. Mamá pasa por mí y platicamos lo mismo de siempre.

—¿Cómo te fue?

—Bien, ¿y a ti?

—Bien. ¿Qué aprendiste?

—Pues no mucho.

—¿O sea que estamos tirando el dinero?

—Pues más o menos.

Y nos reímos las dos. Todos los días. Es como un ritual que tenemos. Es de broma, claro, hay muchos días que no aprendo nada en la escuela, pero muchos otros sí.

Luego de las risitas, le pregunto:

—¿Y tú qué aprendiste en la vida?

Me voltea a ver con los ojos encogidos y no contesta nada. No sé si esa mirada significa que estoy rompiendo con una tradición que lleva miles de repeticiones igualitas o que no aprendió nada. Y si no aprendió nada, a lo mejor es que Jerónimo no se animó a tener *su conversación* anoche. Después de tanto plan y tanto nervio y tanto todo, a lo mejor le entró el pánico escénico, ése que dice que a veces le da, y llegó a hablarles del clima. Pero entonces, ¿por qué subió después a decirme que todo iba a estar bien? ¿O eso habrá sido una parte más realista de mi sueño pastelero?

Diablos.

Mejor volví a las risitas y olvidé mi pregunta.

Llega papá y nos sentamos a comer. Para ese momento no hemos inventado un diálogo fijo, como el que tenemos mamá y yo en el coche, pero siempre hablamos más o menos de lo mismo. Papá me pregunta cómo me fue, yo le digo que bien, luego me dice que a él también y al final mamá y él acaban comentando alguna noticia que escucharon durante el día, o la película que vieron anoche, o cualquier cosa. Ahora estamos todos callados. El aire se siente un poco pesado. Para aligerarlo un poco, les platico que nos hicieron un examen sorpresa y que nos quejamos mucho hasta que nos dijeron que no contaría para las calificaciones. Papá dice "ah, qué bien". Mamá sonríe. No se me ocurre qué más decir, porque fue lo único interesante que pasó en la escuela. Espero a que ellos digan algo, pero comemos la sopa, después los taquitos de pollo y nada. Cuando regreso del refri con la gelatina para el postre, papá finalmente abre la boca:

—Anoche platicamos con Jerónimo —me dice, y luego a mamá—: ¿Verdad? —mamá dice que sí con la cabeza.

O sea que sí. ¡Lo hizo! Siempre soy una hermana orgullosa, pero ahora mucho más.

Entonces me cuentan lo que platicaron con Jero. Hablan despacio. Me da la impresión de que están buscando palabras que yo pueda entender y les dan tono de algodoncito.

Pero yo hace mucho que lo sabía y lo había entendido todo. Creo que hasta lo sabía antes de que Jero me lo contara. Mis papás siguen explicándome, pero yo ya no los escucho. Me pongo a recordar cuando Jero y yo bailábamos juntos *Poker Face* y cuando me contaba que en los juegos de superhéroes con sus amigos siempre escogía ser Lady Gaga. Yo no entendía muy bien, porque aunque me parecen padres sus canciones, Lady Gaga no es una superheroína. Lo que sí entendía es que él era diferente.

Cuando Santaclós me trajo el horno mágico, en el árbol apareció también un Xbox para Jerónimo, junto con un videojuego de peleas que a mi hermano nunca le gustó. Él me dijo que el Xbox sería para los dos, así que a veces yo lo usaba con Manolo, que era mi vecino y mi amigo antes de que su familia decidiera mudarse, y quien me rompía la cara —bueno, la de mis monitos— cada vez que jugábamos. Jero le sacó la lengua a ese videojuego y se divertía más con mi horno que con su Xbox, hasta que juntó para comprar otro juego, el *Dance Party*, y aprendimos muchos pasos de baile con todo y los dos pies izquierdos que siempre ha dicho que tengo.

—Eres un caso perdido —me dijo después de un mes de practicar y ver que yo no podía hacer más de tres notitas, que es un puntaje ridículo para ese juego.

Jero tenía seis años cuando yo nací, hace diez. En todos mis primeros recuerdos está él. Siempre. Él me cambiaba, me daba de comer, ayudaba a mamá a bañarme y a dormirme. Ella le pagaba un dinero y Jero mecía mi cochecito hasta que me quedaba dormida. Mientras me mecía, cantaba *Hoy no me puedo levantar*, de Mecano, un grupo superviejo que es el favorito de mamá. Pero no la cantaba con el ritmo original sino con uno mucho más calmadito que inventó, y con el que aún la cantamos en las reuniones familiares; él más entusiasmado que yo. Jero canta bien, baila mejor y lee muchos libros. A mí no me gusta cantar —y menos en las reuniones—, y cuando bailo parece que le está dando un ataque a Robocop. Lo que sí compartimos es el gusto por los libros.

Conforme voy creciendo, él me recomienda los que leyó a mi edad y luego platicamos sobre ellos.

Jerónimo es el mejor hermano que me pudo haber tocado, y ahora papá intenta explicarme un montón de cosas que yo ya sé de él. Me molesta un poco que por momentos parece que lo está como disculpando.

—Bien —papá lanza un suspiro hondo y tranquilo, como si todas esas palabras que acaba de decirme le hubieran estado pesando en la cabeza y ya no las tuviera allí—. ¿Qué piensas?

Yo no sé qué contestar. No me han dado ninguna noticia, pero es sangrón decirles "ya sabía", como Anamari, una niña de la escuela que siempre responde así a todo lo que escucha decir a cualquiera. Pero es lo único que pienso, que ya sabía, y el que ellos lo sepan ahora no cambia en nada lo que yo siento por mi hermano. Lo que quiero saber es otra cosa.

—¿Qué piensan ustedes?

Se miran entre ellos y luego a mí. Ahora es mamá quien contesta.

—Que lo queremos mucho mucho y aquello que lo haga feliz está bien con nosotros.

Ella siempre sabe decir las cosas mejor que yo. Y esta vez tengo la suerte de pensar exactamente lo mismo:

—¡Yo también!

No a todo el mundo le gusta el arcoíris

No es que me crea la sabelotodo, pero la verdad ya sabía que mis papás no iban a dejar de querer a Jero, ni lo iban a correr de la casa, ni lo iban a mandar con un doctor que hiciera que le gusten las chicas. A él le preocupaban todas esas posibilidades, y alguna vez me contagió su preocupación, pero sólo un poco. Ahora que al fin hablé con mis papás de eso, también sentí como si botara en el suelo un costal que llevaba cargando por mucho tiempo. Era un costal pesado, pero lleno de algo bonito. Compartir un secreto importante con mi hermano me hacía sentir única en el mundo, y eso era bonito. Pero me hacía sentir preocupada, y eso era pesado. Ya todo eso quedó atrás. También descubro que es bonito no tener ese secreto, tanto, que se me antoja poner el *Dance Party* y bailar con Jero toda la tarde. En lo que llega —porque los martes tiene clase de música hasta las ocho—, termino de tejer mi pulsera de colores y empiezo la suya, que será igualita pero seis hilos más gruesa.

Cuando Jerónimo regresa a casa, le estoy dando las últimas vueltas a su pulsera. Oigo que le lanza un "qué onda" a mi mamá y sube las escaleras rápido y directo hacia mi cuarto. Después de nuestro toquido clave y de mi "adelanteeeee" —que siempre decimos como si fuéramos el mayordomo de una serie de la tele—, Jero entra.

Es mi hermano, pero se ve diferente. Se ve todo él como... más ligero. Como que la sombrita que siempre andaba revoloteando en sus ojos cafés ya no está, y se le ven hasta más claros, del color de la miel de maple. Siempre ha sido muy sonriente, pero ahora su sonrisa brilla más. Y no creo que sea por esa pasta de dientes que compramos, que dizque los pone megablancos en una semana. Jero se agacha y me da un beso en la cabeza, luego se sienta en el suelo junto a mí. Le enseño mi pulsera que ya llevo puesta y la suya recién tejida.

—El arcoíris —dice Jero y, mientras se la pongo, veo que de sus ojos color maple quieren salir unas lagrimitas. Suspira y me pregunta—: ¿Sabes que el creador de la bandera gay al principio le había puesto ocho colores? También llevaba un rosita y un azul claro. Pero los fabricantes de banderas casi nunca tenían esos colores, y acabaron quitándoselos.

—Qué bueno, porque hubieran quedado muy gordas nuestras pulseras con dos colores más —le digo y termino de anudársela. Se le ve bien padre.

—¿Ya hablaron mis jefes contigo? —me pregunta después de un silencio—. ¿Qué te dijeron?

—Ya. No creas que los pelé mucho, y la verdad los vi súper normales. ¿A ti qué te dijeron?

—Yo estaba muy muy nervioso. Cuando intenté hablar la primera vez, hasta se me cerró la garganta. Bien raro. Pero luego respiré, respiré, y así, tal cual, les solté: "Papá, mamá: soy gay". Entonces mi papá volteó a ver a mi mamá y le dijo: "Ja, ¿ves? ¡Te lo dije!", con una carcajada, como si estuviera ganado una apuesta. Los hubieras visto, fue tan chistoso que también me reí, y eso alivianó mucho las cosas. Al final me dijeron que me querían y me apoyaban en cualquier cosa que yo decidiera.

—Ah, pues así igualito me dijeron.

—Nuestros papás son la onda.

—Sí son. Pero la verdad, como ya me sabía toda la historia, mientras mi papá me echaba su rollo, mi cabeza se puso a recordar cosas.

—¿Como qué?

—Cosas de nosotros. De cuando yo era chica y de lo que tú me has contado, como tu negocio de arrullarme, y de cuando empezamos con el *Dance Party*, y así… —hago una pausa al oír un suspiro de Jero, como muchos que le oí antes.

La diferencia es que a éste lo acompaña una sonrisa enorme. Se me queda viendo tantito y me da otro beso en la cabeza.

—Oscar va a hablar hoy con sus papás. Ése fue el trato.

—Pues mejor lo hubieran hecho al mismo tiempo, era mejor trato.

—Creo que él necesitaba que yo lo hiciera primero para animarse. Sus papás son medio especiales.

Cuando dice esto, le vuelve la sombra a los ojos. Dejan de ser maple y regresan a ser cafés del color del café, nada más.

Oscar es su amor, el primero que tiene. Sólo cuando lo conoció decidió que debía, como él dice, *salir del clóset*. Eso significa contarles a mis papás que está enamorado de otro chico en lugar de una chica. O sea, es como contar un secreto. Bueno, no tal cual; por ejemplo, si yo les confieso a mis papás que esa bolsa de palomitas acarameladas que estaba en la alacena me la comí yo sola, eso no es salir del clóset. Es confesar otra clase de secretos, como lo que hizo Jero con mis papás y lo que va a hacer Oscar hoy con los suyos. Y esto a Jero no parece ponerlo muy contento.

—Pero está bien, ¿no? Y ya luego lo invitas a cenar con sus papás y mis papás y todos. Así como en las películas.

—Ah, eso estaría increíble —me responde Jero con una sonrisa a medias.

Pues sí, estaría increíble. Sería una cena muy divertida.

Luego, como había planeado, ponemos el *Dance Party*. Y yo, como ya me resigné a que no voy a pasar de esas tres notitas, bailo como loca sin intentar seguir los pasos. Después los cuatro cenamos enchiladas y hablamos de otras cosas. De las cosas de siempre. Todo ha vuelto a la normalidad, pero a una normalidad mucho mejor que la de antes.

Tengo los dedos cansados de tanto nudo, los pies cansados de tanto baile y el cerebro cansado porque, aunque todo salió bien, la noche anterior no dormí casi nada. Pongo la cabeza en la almohada y me arrullo con *Hoy no me puedo levantar* hasta quedarme dormida.

Apenas suena el timbre para el recreo, salgo corriendo con Vane al patio. Vane es mi mejor amiga; somos, como dicen, uña y mugre. Todos los días nos sentamos juntas a comer el almuerzo. Tenemos un pacto: intercambiar la mitad de nuestro sándwich. Lo que casi siempre es más conveniente para mí, porque de su casa le mandan sándwiches de Nutella con frutas, de cajeta y de cosas ricas. En cambio, a mí me los hacen de jamón o de huevo o de cosas que a veces están más o menos ricas y otras nada. Pero hoy me lo hizo Jerónimo. Es de mermelada con crema de cacahuate. Nada mal, para variar. Al rayo del sol nos da calor y me quito el suéter.

—¡Qué padre pulsera, oye! —me dice Vane.

—Yo la hice.

—Ay, sí… ¿Neta?

—Neta. Y le hice una a mi hermano. Es que teníamos un pacto secreto. Ya no es secreto, pero igual. Era un poco más serio que nuestro pacto de los sándwiches, pero haz de cuenta algo así.

—Hazme una igual, ¿no?

—Ésa es la cosa, no te puedo hacer una igual si no tienes un hermano que sea gay. O un muuuy amigo, o así —nunca le había dicho esto a nadie, y menos en voz alta. Pero ahora ya no es un secreto y, como dijo mi hermano: si los saben mis papás, que lo sepa el mundo.

—Chale, qué mala onda —es lo único que me contesta.

—¿Qué mala onda qué?

—Pues que no tengo un hermano ni un mejor amigo gay. Me gusta mucho, en serio, ¡está padrísima!

Me quedo esperando alguna otra reacción. Alguna pregunta. Pero Vane sólo sigue comiendo su sándwich sin despegar los ojos de mi pulsera.

—Igual me la puedes hacer de otros colores, ¿no? ¿O tampoco?

—Ah, pues sí, eso sí.

Nos quedamos calladas un rato comiendo nuestros sándwiches, hasta que Vane me pregunta:

—Bueno y, total, ¿cuál era el secreto que ya no es secreto?

—¡Pues ése, que Jero es gay!

—Aaah, órale. A ver, déjame probarme tu pulsera.

Le extiendo la mano y mientras Vane trata de desanudarla, oigo una voz a mi lado:

—¡Qué asco!

Volteo y, aunque el sol me da de frente, distingo las siluetas de Anamari y Sofía. Anamari fue la que dijo "qué asco".

—Es de crema de cacahuate con mermelada, ahora no está tan feo —dice Vane enseñándole el sándwich que vino de mi casa.

—No, digo qué asco esa pulsera. Y lo que significa. Y tener un hermano así.

Me pongo furiosa cuando menciona a mi hermano, tanto, que no puedo ni hablar, sólo me les quedo viendo. No me sorprende que Anamari diga eso. Ella, aparte de ser de esas personas que creen saberlo todo, siempre está molestando. Sofía nomás le sigue la corriente. Pero las dos me ven como si estuvieran viendo una bolsa llena de basura, y como sigo trabada, Vane contesta con la boca llena de sándwich:

—¡Claro que no!, ¿qué tiene de asco?

—Por culpa de esas personas, el mundo está como está. Es abominable —dice Anamari con la cara muy levantada.

Luego se dan la media vuelta y se van caminando todas tiesas, como postes. Vane me voltea a ver con cara de "no les hagas caso", y yo le digo que no con la cabeza. Pues no les hago caso, pero igual estoy enojadísima por dentro.

—¿Cómo te fue?

—Bien, ¿y a ti?

—Bien. ¿Qué aprendiste?

—Pues no mucho.

—¿O sea que estamos tirando el dinero?

—Pues más o menos.

El diálogo es igual pero ahora sólo están las risitas de mamá. Las mías las congelaron los tontos comentarios de Anamari.

—¿Seguro que te fue bien? —pregunta mamá.

—¡Sí, neta verídica! —digo, y mejor sí le pongo un poco de entusiasmo (no muy verídico) a mi respuesta. No quiero hablar con mamá de lo que pasó. Si todo salió tan bien, para qué le ando dando ideas.

Ya lo sospechaba, pero el diccionario me confirmó lo de "abominable", que es más malo que lo malo. Es lo mismo que "aborrecible", que suena casi peor. Es algo que se condena o maldice por considerarlo malo o perjudicial.

Ajá, y Anamari a fin de cuentas qué sabe. Ella sólo ha visto a Jero cuando me va a dejar a la escuela y nunca ha hablado con él. ¿Qué culpa puede tener mi hermano de que el mundo esté como está? ¿Y cómo estará según Anamari?

Ése es el problema con las personas que creen saberlo todo, que la mayoría de las veces hablan más bien sin saber na-da. Y en todo caso, cualquier cosa que mi hermano haga o deje de hacer, ¿cómo puede ser malo o perjudicial *para ella*?

—¿Y Jero? —les pregunto a mis papás más noche, cuando calculo que ya debería haber llegado. Papá levanta la vista de los papeles que tiene en la mesa y ve su reloj.

—Ya no ha de tardar.

Y no. No tardó nada. Apenas regresa mi papá los ojos a sus papeles, se escucha el motor de *El acorazado*. Un momento después entra Jerónimo. Saluda normal y camina directo a la escalera para subir a su cuarto. Creo que mis papás no se dieron cuenta, pero yo sí. Está de malas. A los dos minutos subo y hago nuestro toquido clave en su puerta. Me dice "adelante", pero no es nuestro adelante de mayordomo de siempre, sino uno normal. Entro y me siento en la silla de su escritorio. Él está tirado en la cama, chateando en el teléfono.

—¿Qué?

—Pus qué.

—¿Estás chateando con Oscar? ¿Cómo le fue con sus papás?

—No le fue. No les dijo —esto lo dice con mucha tristeza—. Les tiene terror.

—Pero ¿no le contaste que tú ya y que no pasa nada?

—Es distinto. Te digo que sus papás son especiales... súper rígidos. Sobre todo su papá.

—¿Y luego? ¿Qué va a pasar con su trato?

—No sé, pero por lo pronto ya no lo cumplió.

Ahora no puedo animarlo con lo que le decía antes de que saliera del clóset: que todo iba a estar bien, que si Oscar les tenía terror a sus papás quizá no quería decir nada. Jero también tenía terror de hablar con los nuestros. Pero yo no conozco a los papás de Oscar, así que no puedo opinar mucho. Sólo le doy un beso en la cabeza a mi hermano y cierro quedito la puerta de su cuarto antes de salir.

Algunas formas de llegar al infierno

Me encanta que Jero me lleve a la escuela en *El acorazado*. En serio parece que vamos trepados en un tanque. Las puertas rechinan como en una película de terror y tiene el claxon más desafinado del mundo. Aunque a Jero no le gusta tocarlo.

Hoy ya no está tan serio como anoche. Enciende el radio y de las bocinas sale una canción que él se sabe y yo no. Así que sólo hago como que me la sé y canto las colitas de cada estrofa. En un alto me voltea a ver, sonríe y levanta las cejas.

—Anoche hablé con Oscar. Ya me prometió que no pasa de hoy para que tenga *la conversación* con sus papás.

—¡Está rebién!

No dice nada más. Sólo sigue cantando y yo haciendo como que canto con él.

Es una mañana fantástica.

Como ayer me pasé la tarde entre la tele, el diccionario y esperando a Jero, no terminé la tarea, así que en el recreo me quedo en el salón a hacerla. Le di a Vane la mitad de mi sándwich que, como no me lo hizo Jero, es de mantequilla y mostaza con queso rallado, y no está muy bueno. Ella me dejó la mitad del suyo, de cajeta. Bien linda, quería quedarse a ayudarme, pero preferí que no porque nos pondríamos a platicar y no avanzaría nada.

Cuando voy más o menos a la mitad, Sofía entra corriendo al salón. Se acerca a su banca, saca su termo de la mochila y antes de salir se da cuenta de que estoy aquí. Yo nunca le hablo, y ahora menos. Tampoco quiero que me hable, pero ella de todos modos se acerca a mi lugar y se sienta en la banca de al lado.

—¿Qué? —le pregunto con no muy buen modo, la verdad.

—No, nada.

—¿Entonces por qué te sientas ahí?

—Bueno, sí. Quería preguntarte si tú también eres así.

—¿Así cómo?

—Así, gay. O sea que te gustan las niñas.

—No, claro que no. A mí no me gusta nadie.

—Ah, pues eso está bien, pero también está mal.

La veo con cara de no te entiendo y me caes muy gorda.

—Pues es que así no vas a estar para la eternidad con tu hermano. Porque cuando él se muera se va a ir al infierno. ¿Sí sabías eso? Pero tú no, porque no eres como él.

—Claro que no. Nadie se va a ir al infierno —le digo, pero lo que en realidad quiero es sacarla a empujones del salón.

—Él sí, junto con todos los homosexuales. Ahí van a estar con muchos pecadores, los que roban, los que matan y todo eso. Lo dice clarito la Biblia, ¿no lo sabías?

—Claro que no, si yo no leo la Biblia.

—¿No? Ah, bueno, entonces no tienes de qué preocuparte, tú también te vas a ir al infierno con tu hermano.

—No es cierto, cómo me voy a ir al infierno por eso.

—Léela y vas a ver. A lo mejor luego puedes hacer que tu hermano se arrepienta de ser como es.

Sofía se levanta y sale del salón. Y yo voy tras ella y la empujo y le digo muchas cosas más feas que las que ella me acaba de decir. Lo malo es que esto último sólo sucede en mi imaginación. En la realidad, me quedo ahí atorada en mi banca y devuelvo en la servilleta el pedazo de sándwich masticado que ya no puedo seguir comiendo.

Como si no tuviera suficientes problemas en esta vida, viene esta mensa a decirme lo del infierno, que es algo en lo que yo

nunca pienso. En mi casa no hablamos de esas cosas. Busco a ver si por ahí en los libreros, entre tanta cosa, encuentro la Biblia, pero no tenemos una.

Lo único que sé del infierno es por una película llamada *Arrástrame al infierno.* Fue una noche que Jero invitó a sus amigos a verla y yo me escondí detrás del sillón; desde allí la vi sin que se dieran cuenta. Me asusté un buen, pero de necia me quedé. Al final, la chica a quien le echaron una maldición se cae en una vía de tren y el suelo se abre en llamas y unas manos podridas se asoman para jalarla hacia allá. Hacia el infierno la arrastraron, como decía el título de la peli. En esa escena mi corazón empezó a latir como el tambor más grande de una batería, se me salió un gritito y me descubrieron. Jero me llevó a acostar y me dijo que todo eso sólo existía en las películas. Los diablos, el infierno, las brujas, todo. Igual tardé mucho en dormirme y soñé cuatro noches seguidas con una señora horrible que salía allí.

Me pregunto si así será el infierno que dice Sofía. No está padre, la verdad.

Pienso también en lo que me dijo. Que a lo mejor Jero estaba a tiempo de arrepentirse. Y recuerdo una de las veces que hablé con mi hermano de eso. Porque cuando recién me contó su secreto, aunque no fue una gran sorpresa, sí me pareció un poco loco, y hasta llegué a prepararle un álbum con fotos de muchachas superguapas que recorté de revistas. Recuerdo que le preguntaba: "¿Ésta?" Y él me decía: "Ésta no". Y yo: "¿Y ésta?" "No, ésta tampoco", y así hasta que se hartó y me dijo que todas ellas le parecían guapas, así como a mí me lo podían parecer. Pero que no podría enamorarse de ninguna.

—¿Por? —le pregunté y él se encogió de hombros.

—No lo sé. Sé que es así, pero no sé por qué. La vida está llena de misterios —acabó y siguió leyendo su libro en lugar de hacerle caso a mi álbum.

Cuando oigo llegar a Jero, salgo de mi cuarto y me lo topo antes de que él se meta al suyo.

—¡Hola, chaparra!

Viene de buenas. A lo mejor tiene algo padre qué contarme. Lo sigo y le pregunto, pero me dice que no. Que Oscar aún no ha hablado con sus papás, pero que todavía es tem-

prano. Que la promesa que le hizo fue que no terminaría el día sin hacerlo.

—¿A ti cómo te fue? ¿Terminaste la tarea?

—Sipi.

Jerónimo se quita la chamarra, acomoda sus cosas en el escritorio y se sienta. Parece que tiene tarea. Y a mí no se me ocurre cómo sacar el tema.

—¿Qué más? —me pregunta ya muy acomodado en su silla. Sí, seguro tiene tarea. Quizá sea mejor dejar la conversación para después.

—No, nada. Ya me voy a acostar.

—¿Cómo nada? —eso de conocerse tan pero tan bien tiene sus desventajas, no puede una hacerse guaje fácilmente—. Ya, dime. ¿Qué pasa?

—Bueno, es que… ¿Te acuerdas de la peli que viste con tus amigos y que yo me colé debajo del sillón y luego me dio miedo?

—Ajá.

—¿Tú crees que el infierno ése que enseñaban ahí se parece al infierno-infierno?

—¿A cuál infierno-infierno?

—Pues a donde dicen que se van las personas cuando se mueren y que no han sido... (aquí iba a decir buenas, pero no, porque Jero es bueno y Sofía de todos modos dice que se va a ir), pues no sé, algunas personas. ¿Será?

La sombra en los ojos de Jero vuelve. Otra vez han dejado de ser color maple. Me hace muchas preguntas, hasta que acabo contándole lo que me dijo Sofía. No era mi intención. Bastante preocupado está él con lo de Oscar como para todavía darle otra angustia.

Pero a él parece no preocuparle. Al menos no esa posibilidad exactamente. Suspira y me pide que me acerque.

—Mira, hay mucha gente que piensa distinto —cuando empieza a hablar se le hace una sonrisa de ladito—. Hay quienes creen eso, que existe un lugar horrible al que la gente va cuando se muere.

—¡Ajá!, pero la gente que no se porta bien.

—Sí, bueno, y también la gente que no piensa o vive como ellos —sonríe un poco más, pero sigue siendo una sonrisa ladeada y medio triste—. Pero yo no lo creo así ni quiero que tú lo creas.

—Sofía me dijo que a lo mejor tú no sabías. Que me pusiera a leer la Biblia y luego te convenciera de arrepentirte.

—¡¿De arrepentirme de qué?! —casi se rio—. Lo que tu amiga quiere es que me arrepienta de ser quien soy...

—No es mi amiga —le aclaro.

—Bueno, ella. Eso es lo que quiere. Y no puedo hacer eso, porque soy feliz así. Pero no quiero que te preocupes, nadie se va a ir al infierno, ¿okey?

—¿Y entonces a dónde nos vamos a ir?

—Pues no sé. ¡No conozco a nadie que se haya muerto y luego haya regresado para decirme! —me contesta igualito que mi papá. Una vez le hice esa pregunta y me dijo lo mismo.

—Sí, ya sé. Pero ¿a dónde crees?

Jero piensa un poco. Me mira y sonríe. Luego piensa un poco más.

—Pues al mismo sitio donde estábamos cuando descubrieron América. O cuando estalló la Revolución. O cuando sucedió el terremoto ése que nos cuentan mis papás que tumbó media ciudad.

—¡Pero si en ninguno de esos momentos habíamos nacido!

—Exacto. Y creo que ahí mismo vamos a regresar —Jero sonríe de ladito y me guiña un ojo.

—Ahí mismo... O sea, ¿cómo?

Jero se encoge de hombros de nuevo y convierte su sonrisa de ladito en una carcajada (con un poco menos de sombra en los ojos).

—Entonces Sofía es la que está mal, ¿no?

—Pues no —responde Jero con un suspiro—, porque cada quien es libre de creer lo que quiera.

—Bueno, está bien —le digo, sobre todo porque creo que he pensado mucho todo el día y el cerebro ya se me cansó—. Entonces ya me voy a dormir.

—Oye, chaparra —me llama Jero antes de salir—, de verdad me pone mal pensar que te puedan molestar o decir cosas por mi culpa. Vamos a hacer algo, dejemos a tu escuela fuera de nuestro secreto, ¿va?

—¡Pero tú querías que ya no fuera un secreto para nadie!

—No importa lo que yo quiera. Importa que tú estés bien.

Le digo que sí, que va. Ya en mi cuarto, pienso que las chismosas de Anamari y Sofía seguro ya le han de haber ido a contar a todo el mundo. Se me aprieta un poco el estómago al pensar esto. Pero lo que no quiere Jerónimo es que me lastimen. Y algo que sí puedo hacer es no dejarme.

El principio de la tristeza

No le he contado a nadie más lo de Jero y en la escuela no ha pasado nada. Bueno, sólo una cosa, pero no me lastimó ni me preocupó, nada más me enojó un poco. Después del recreo, mientras esperaba a Vane en la puerta del salón, Fabricio y Pablo llegaron, y justo cuando pasaron frente a mí, Fabricio dijo en voz alta:

—Pues con razón me dijo que no, porque ha de ser gay como su hermano —Pablo se botó de risa.

A principios de año Fabricio me llegó y le dije que no, porque ni me gusta ni quiero tener novio. Me dio coraje que dijera eso para molestarme y porque me di cuenta de que Sofía había regado el chisme, pues ella es más amiga de Fabricio que Anamari. Él y Pablo siguieron burlándose, comenzaron a hablar como niñas y a decirse "mariquita" uno al otro. No hice nada porque cuando me enojo me trabo y no sé qué hacer, como me pasó en el recreo y en el salón con Sofía. Pero cuando llegó Vane, ya de camino a nuestras bancas, me detuve frente a él y le aclaré:

—Te dije que no porque la boca te huele a zapato y porque me caes mal.

Lo primero sí es cierto, lo segundo ahora lo es, pero cuando me llegó la verdad me daba igual.

Esto sirvió para que no me volviera a molestar, por lo menos en el resto del día.

No pienso contarle a Jero nada de esto. Ha estado como tristón, como de malas. Veo *Hora de aventura* mientras lo espero. A ver si me cuenta algo él solo; a mí me da cosa preguntarle.

Oigo su coche y apago la tele, para que no crea que me está interrumpiendo. Entra rápido, dice un "qué onda" apagado y sube las escaleras con prisa.

Mis papás se voltean a ver. Creo que ahora sí se dieron cuenta de que está raro. No subió sólo a dejar sus cosas, pues pasa un rato y no vuelve a bajar. Me despido de mis papás y antes de ir a mi cuarto paso frente al suyo. Oigo la música clásica desde el pasillo. Pésima señal. A Jero le gusta toda la música, pero cuando está triste escucha música clásica porque dice que le pone más drama al drama. Ahora puso una bien triste, una sinfonía de Brahms. Siento que se me apachurra el estómago de nuevo.

Me acerco, hago nuestro toquido clave y pego la oreja a la puerta; me quedo un momento, pero no oigo ningún "adelanteeee".

Decido irme a mi cuarto y desde ahí sigo escuchando la sinfonía. Trato de leer, pero no puedo concentrarme. Quisiera ir de nuevo a su cuarto y entrar aunque él no me diga "adelante"; no para que me cuente qué lo tiene así, sino sólo para abrazarlo. No sé si sirva de algo. Conmigo funciona. Cuando estoy triste y él me abraza, aunque no digamos nada, me siento mejor.

El camino a la escuela en *El acorazado*, hoy no me encanta tanto. Jero no quiere hablar y tiene los ojos rojos e hinchados, como si hubiera llorado mucho. Trato de hacerle la plática, pero es inútil.

—Hace frío, ¿no?

—...

—¿Sí desayunaste algo?

—...

—El jugo estaba rico. Era de mandarina.

—...

—¿Pongo el radio?

—No —oigo su voz por primera vez esta mañana y no me gusta nada.

Y así nos vamos: callados y sin radio todo el camino. Al llegar a la escuela, no me aguanto, porque pienso que será horrible pasarme toda la mañana sin saber, así que antes de bajarme del coche le pregunto:

—¿No le fue bien a Oscar?

Jero traga saliva. Cuando voltea a verme tiene los ojos llenos de lágrimas.

—No, chaparra. Nada bien.

Ya sabía que era algo así, y también que no iba a saber qué decirle. Así que sólo lo abrazo.

—Ya tienes que entrar —me dice cuando me suelta. Abro la puerta y me bajo, a pesar de que es lo último que quiero hacer. Me gustaría quedarme con él y que nos fuéramos de pinta como aquella vez que llegamos tarde por mi culpa y no me dejaron entrar; él, en lugar de botarme de regreso en la casa e irse a la escuela, me invitó a desayunar y luego al cine.

—¿Y si nos vamos de pinta como cuando llegamos tarde?

—Cómo crees. Ándale, ya ve, que te van a cerrar de nuevo.

Camino unos pasos hacia la entrada de la escuela y Jero me llama. Corro de regreso con la esperanza de que haya cambiado de opinión. Pero no. Sólo me dice:

—Acuérdate siempre de que te quiero mucho, ¿eh?

—Yo también te quiero mucho.

Todo el día siento la tristeza de mi hermano en el estómago. Ni siquiera me da hambre en el recreo y no tengo ganas de estar con nadie, ni con Vane. Ella me conoce casi como yo conozco a mi hermano; luego luego se da cuenta de que algo no está bien, pero no le digo nada. Prefiero estar sola en el recreo y de nuevo me quedo en el salón. Obvio, Vane quiere quedarse conmigo, pero la convenzo de que no. Pienso que todos esos miedos que tenía Jerónimo antes de hablar con mis papás se cumplieron en Oscar. Todos juntos. A lo mejor sus papás lo dejaron de querer y lo corrieron de su casa. A lo mejor lo van a llevar con un doctor que haga que le gusten las chicas en lugar de los chicos. Eso sí que le rompería el corazón a mi hermano.

Ya mejor no quiero pensar.

El sueño del estadio y las muchachas

Es tarde y Jero no llega. Mis papás están nerviosos. Yo también. Siempre nos preocupamos porque la ciudad es peligrosa. Pero le llamamos al celular, o él nos llama, y nos despreocupamos. Ahora mamá le ha llamado varias veces, pero trae el teléfono apagado. Y eso sí que es muy raro.

Oigo que mamá le dice a papá:

—¿Y si lo asaltaron y le quitaron el celular?

Se me voltea la panza al escuchar esto.

—¿A ti no te dijo nada, si tenía algún plan, tarea, algo? —me pregunta mamá.

—No.

Me quedo pensando en lo que me contó de Oscar. No sé si era un secreto, Jero no me dijo que lo fuera. Y no sé si podría tener algo que ver con que no llegue. Podría haber acompañado a Oscar para tranquilizar a sus papás. No sé… Creo que es mejor que les cuente.

—Me dijo que Oscar iba a hablar con sus papás, igual que habló él con ustedes la otra vez. Pero se tardó días en animarse y luego, ya cuando habló, no le fue muy bien. Eso me dijo, que nada bien. Por eso Jerónimo estaba triste.

Mis papás se miran. Papá busca en su teléfono y les marca a dos amigos de Jero para preguntarles si saben algo de él o de Oscar. Parece que no.

Pienso en lo que me dijo mi hermano cuando se despidió en la escuela esta mañana. No me pareció extraño en ese momento; Jero me ha dicho mil veces que me quiere mucho, pero ahorita que no llega, recuerdo sus ojos rojos, el tono con que me lo dijo y entonces todo me parece raro y me da un poco de angustia. Creo que no sirve de nada decírselo a mis papás, sólo los voy a preocupar más.

Es casi medianoche y Jerónimo no se ha reportado. Sus amigos ya llamaron para saber si tenemos noticias. Mis papás también hablaron a Locatel. Hace un rato papá fue a su escuela, pero estaba cerrada y ya no había nadie. Mamá llora y papá trata de calmarla. A mí me tiembla todo el cuerpo. Las lágrimas de mamá como que se me quieren contagiar, pero no dejo salir a las mías, porque si las dejo, no voy a poder consolarla, y eso es lo que hace falta ahora.

—Ven, Constanza —me dice papá—, vamos a que te acuestes, es muy tarde.

—No, yo me quedo con ustedes hasta que llegue Jerónimo —abrazo a mamá y con la mano libre me agarro del sofá como si fuera una pinza. Pero no es necesario, papá no intenta levantarme.

Pasan las horas y los ojos se me empiezan a llenar de una arenita que vuelve los párpados pesados. No quiero dormir y trato de mantenerlos abiertos. Casi no puedo. Me ayuda el timbre del teléfono. Papá contesta y mamá y yo nos vemos con una sonrisa, pero se nos quita pronto, cuando nos damos cuenta de que no es Jero, sino mi tío Juan, que pregunta si ya sabemos algo. Mi papá se prepara para salir. Quiero saber a dónde va.

—Va a ir con tu tío Juan a buscar a Jero —me dice mamá.

—Vamos, ma. Yo quiero ir a buscarlo también.

Mamá se suena.

—No, Cons, mejor nosotras nos quedamos aquí a esperarlo. En una de esas llega, vas a ver.

Se acuesta a mi lado en el sofá y acabo quedándome dormida; me arrulla su corazón que late rápido y su respiración interrumpida por los mocos.

Sueño que mi hermano y Oscar están en el centro de un estadio de futbol y todos los asientos, que son muchísimos, están ocupados por mujeres muy guapas, como las de mi álbum.

Luego sale el papá de Oscar —al que yo no conozco, pero en mi sueño es casi tan feo como la señora de *Arrástrame al infierno*— con un silbato colgado del cuello, y cuando pita todas las mujeres se levantan de sus asientos y corren para perseguir a Jero y a Oscar. Cuando van a alcanzarlos, me despierto con un brinco.

En el sofá, junto a mí, está la señora Maru, que viene dos días a la semana a ayudarnos con la limpieza.

—¿Estás bien, Consito?

Miro hacia todos lados, pero no veo a mis papás. Ni a Jero.

—¿Dónde están mis papás? ¿Apareció mi hermano?

—Sí, apareció. Está bien. Me dijo tu mamá que le llamáramos cuando despertaras.

Sólo de saber que Jero apareció y está bien se me quita la temblorina a causa del sueño-pesadilla y del brinquito que me despertó. Pero me regresa un poco cuando la señora Maru me pasa el teléfono.

—¿Ma, dónde están? ¿Dónde está Jero? ¿Está bien? ¡Quiero ir! —le digo así medio a gritos, de corridito y con la boca pastosa porque no he tomado ni agua.

—Estamos en el hospital. Jero tuvo un percance, pero está bien. En la tarde llegaremos todos. Ya no te preocupes, Cons, todo va a estar bien.

—¿Un percance? ¡¿Qué es un percance?! —me suena la palabra, pero ahorita no quiero quedarme con ninguna duda ni ir al diccionario.

—Un problema. Pero de verdad, no te preocupes más. Nos vemos al rato en la casa.

Mamá cuelga y me deja ahí, con el teléfono en la oreja y cara de zombi.

—¿Tú sabes qué pasó, señora Maru?

—Sé lo mismo que tú, mi reina.

La señora Maru me hace hot cakes, aunque dice que ya es casi la hora de la comida. Me siento a comerlos y cuando les pongo miel de maple, algo me dice que no veré ese color en los ojos de mi hermano en mucho tiempo. Y entonces, todas las lágrimas que no dejé salir anoche se me escapan juntas.

Me paso todo el día dando vueltas en la casa como trompo descompuesto. A mitad de la tarde me llama Vane para saber por qué no fui a la escuela. Al principio no sé si contarle, pero ella es *cool* y, a fin de cuentas, para eso son las mejores amigas, para hablar de nuestros problemas.

—No fui porque mi hermano no llegó ayer a la casa.

—¿Cómo crees? ¿Pues a dónde se fue o qué? Pero ya llegó, ¿verdad?

Vane me hace las preguntas seguiditas sin darme chance de contestar una por una. Sólo le contesto la última, que es la que más importa. Y de la única que tengo respuesta.

—No llegó, pero ya están mis papás con él. En el hospital. Tuvo un problema que no sé cuál es. Creo que tiene que ver con un pacto que había hecho con su novio.

—Ja, se oye chistoso eso de "con su novio" —comenta Vane; a mí no se me hace chistoso, pero sé que no me lo dice en mal plan—. Oye, pero ¿cómo que en el hospital? ¿Qué pacto hicieron o qué?

—Pues que igual que Jero les dijo a mis papás que era gay, él les iba a decir a los suyos.

—Órale... pero... ¿y eso qué tiene que ver con que esté en el hospital?

—No sé. Ni siquiera sé si tiene que ver con eso.

—Mira, lo importante es que está bien y que tus papás están con él. Igual y nada más se sintió mal de otra cosa pero, lo que sea, me hablas para contarme.

—Te cuento mejor mañana en la escuela —le digo, y para cambiar de tema y distraerme un poco le pido que me platique cómo estuvo la mañana. Me presume su sándwich, que hoy fue de mermelada de cereza y crema batida, y yo le digo que no era competencia para mis hot cakes. Luego me cuenta que a Fabricio lo regañaron porque estuvo masticando chicle toda la mañana, y eso casi me saca una sonrisa. Cuando colgamos, me siento mucho más tranquila, pero al poco rato empiezo a dar vueltas otra vez alrededor de la mesa de la cocina, hasta que oigo la puerta de la entrada y corro para abrirla antes de que pasen la llave.

Me da otra vuelta el estómago cuando veo a mi hermano.

No está como Rocky, el boxeador que peleó contra un ruso enorme en una película que vimos hace tiempo, pero casi. Su ojo izquierdo está tan hinchado que ahora es sólo una rayita con un color morado alrededor que se sigue hasta su otro ojo. También su boca está muy hinchada y tiene el labio abierto y lleno de sangre seca. Y camina despacio.

Me acerco y quiero abrazarlo, pero papá me detiene. Con un gesto me dice que si hago eso le va a doler.

—Hola, chaparra —me dice Jero y trata de formar una sonrisa con su boca hinchada.

No puedo contestarle, no me sale la voz. Me muerdo el labio para no llorar. Para que esté igual que el suyo. Para sentir el dolor que tiene y que yo quisiera regresarles a quienes le hicieron eso.

Jero no baja a cenar porque está descansando en su cuarto. Tiene una costilla rota y golpes en todos lados, pero por suerte ninguno es grave. Ni lo de su costilla, sólo debe tener cuidado y descansar. Le mandaron unas pastillas para el dolor y otra para que pueda dormir tranquilo.

Yo no tengo hambre, así que sólo enredo el espagueti en el tenedor, lo desenredo y lo vuelvo a enredar. Mis papás hablan de lo que van a hacer. Papá dice que es necesario levantar una denuncia. Mamá le dice que Jero no quiere. Discuten un poco. Les pregunto qué fue lo que le pasó a mi hermano, y me dicen que no fue un asalto.

—No sabemos quién golpeó a Jero y a Oscar, a los dos. A tu hermano lo dejaron tirado en la banqueta y a Oscar se lo llevaron —me explica papá.

—Pero ¿por qué alguien les pegó así? ¿Y quién se llevó a Oscar? ¿Dónde está?

Mis papás me miran y luego se ven entre ellos. Creo que son algunas de las tantas preguntas para las que no tienen respuesta.

Pienso en mi sueño del estadio, el que me hizo despertar con el corazón desbocado y que ahora parece una tontería comparado con lo que sucedió en la realidad.

Antes de irme a dormir, paso de nuevo al cuarto de Jero. Quiero saber si está bien y si necesita algo, así que entro sin esperar el "adelanteeee", que esta vez a lo mejor no dice porque le cuesta trabajo con la boca como se la dejaron.

Está viendo su teléfono y, aunque se limpia la cara con la manga, en cuanto lo veo sé que estuvo llorando.

—¿Cómo te sientes? ¿Tienes hambre? ¿Sed? ¿Estás aburrido? ¿Qué te traigo?

A todo contesta que no con la cabeza.

—¿Tú sí sabes qué pasó? ¿Quién te hizo esto? ¿Quién se llevó a Oscar y a dónde?

Jero nada más me mira.

—Tienes que decirnos quiénes fueron, ¿qué tal si te vuelven a pegar?

—No —suspira con trabajo. Se ve que le duele su costilla—. Eso ya no va a pasar.

—¿Estás seguro?

Jero me dice que sí con la cabeza y se le vuelven a llenar los ojos de lágrimas. No lo puedo abrazar porque le duele. Entonces sólo lo tomo de la mano y me siento junto a él, y pasa lo que nunca antes: él se queda dormido primero que yo.

—No quiero ir a la escuela. Me quedo con Jerónimo, voy a ser su enfermera hasta que se cure.

Mi mamá me mira con cara de "ajá", pero ese "ajá" que quiere decir "perdiste tus cabales" o, lo que es lo mismo, "te volviste loca". Y como esta vez Jero no puede llevarme, ella lo hace.

—¿Todavía no sabemos quiénes fueron? ¿Vamos a hablarle a la policía? Me da miedo que quieran volver a pegarles. ¿Qué tal si lo hacen y los lastiman más?

Mamá suspira.

—Eso no lo vamos a permitir. Te lo aseguro.

No es la respuesta a todas mis preguntas, pero el tono con que mi mamá lo dice me tranquiliza un poco.

Pues claro que me mandaron a la escuela. Vane y yo nos intercambiamos algunos recaditos durante la mañana, pero hasta el recreo, mientras comemos el almuerzo, le cuento lo que pasó y cómo llegó Jero de golpeado y lo que me comentaron mis papás.

—O sea que no saben quiénes fueron. Pues a lo mejor los asaltaron.

—No, no les quitaron nada, y a Oscar se lo llevaron.

—O sea, lo secuestraron.

—No, no creo, porque entonces Jero estaría muy preocupado, pero no. Sólo está súper, súper triste.

—Híjole.

Suena el timbre y regresamos al salón. En la entrada están Anamari y Sofía. Cuando paso frente a ellas, las dos se quitan y hacen ruidos y gestos, como si temieran que les fuera a pegar alguna enfermedad. Entonces la tristeza que ya traigo en el estómago se combina con el enojo que siento por sus caras burlonas y por lo que han dicho de mi hermano y, sin pensarlo, les digo casi gritando:

—¿Y a ustedes qué les importa que mi hermano sea como sea, si ni lo conocen, ni le han dirigido la palabra, ni él las ha molestado nunca?

—Ña-ña-ña-ña-ña-ña —hace Anamari como imitándome.

Entonces ya no puedo controlarme, me acerco a ella y la empujo. Y ella me empuja de vuelta y empieza a armarse una bolita alrededor de nosotras, y cuando estoy a punto de pegarle, llega la maestra Rocío a separarnos. Y, claro, acabamos en la dirección con un reporte.

Después la maestra manda a Anamari de regreso al salón y me pregunta qué pasó. Yo no había querido decir nada, porque quedé con Jero en dejar nuestro secreto fuera de la escuela, pero resulta que ella ya sabía de qué se trató el pleito. O sea que en mi escuela de veras que todos son rechismosos.

—Tu hermano es un gran chico, Constanza —acaba diciéndome ella—. No está bien tratar nuestras diferencias a golpes, pero tampoco vale la pena que tomes en cuenta o siquiera escuches comentarios como los que te hizo Anamari. De verdad, no vale la pena.

Luego me abraza y lloro un poquito.

La cena-canto-baile que no sucedió

Pasaron muchos días, semanas enteras, antes de que Jero se recuperara. El ojo se le deshinchó y dejó de ser una rayita, el labio sanó, los moretones se despintaron y la costilla pegó.

Pero la tristeza no se fue.

Pasaron algunos días también para que Jero me contara lo que pasó. No fue un asalto, ni una pelea de pandilleros (que creo me imaginé por ver tantas películas y noticias).

Fueron el papá y el hermano de Oscar.

—¡Claro que no!, ¡cómo crees! —le dije en automático.

—¿Recuerdas que te dije que no le fue bien? Me quedé corto. ¿Y recuerdas todas las cosas malas que pensé que podían pasar cuando yo les contara a mis papás? Bueno, a él le pasaron todas.

—¡Todas y ésta también! —le dije con el volumen más alto—. ¡Nosotros nunca pensamos que mis papás te pegarían, ni a él!

—Cuando les dijo, su papá se le fue encima a golpes; lo amenazó y lo corrió de su casa. Oscar le dijo que estaba bien, que prefería vivir solo que con ellos. Entonces pensamos escapar juntos.

—¡Cómo crees! —eso tampoco me lo había ni imaginado, y qué bueno, porque le hubiera agregado mucha preocupación a toda la circunstancia.

Pero sólo les dio tiempo de pensarlo. Al día siguiente, cuando salieron de la clase de música, el papá y el hermano de Oscar, con otro tipo que Jero no conocía, los agarraron. Dice mi hermano que no sabe qué fue peor, si los golpes o todo lo que les dijeron. No quiso contarme y yo tampoco quiero saberlo.

—¡Debieron haber llamado a la policía para que los metieran a la cárcel! —le dije a mi hermano.

—Sí, puede ser. Pero es su familia. Y así como son, él los quiere.

"¡Qué espanto tener que querer a una familia así!", pensé, pero eso ya no lo dije.

Jero no ha vuelto a ver a Oscar; después de lo que pasó ya no regresó a la escuela. Ya ni siquiera está en el país. Lo mandaron a un internado en Irlanda. Busqué en un mapa y me di cuenta de qué tanto los papás de Oscar quieren separarlo de Jerónimo. Irlanda está lejos, relejos.

—¿Crees que en Irlanda lo lleven con un doctor que haga que le gusten las chicas? —le pregunté a Jero.

—Creo que podrían tratar —suspiró. Quiso sonreír, pero no pudo. Y esta vez no fue porque se lo impidiera su labio hinchado.

La verdad, no entiendo. No entiendo por qué los papás de Oscar prefieren tenerlo lejos y triste, que cerca y feliz. No entiendo por qué algunos piensan que enamorarse de alguien hace mala a una persona. "Abominable", como dijo Anamari. Yo digo que, para el caso, es más abominable andar golpeando e insultando a la gente. O molestando nada más, como Anamari y Sofía, que ya no me volvieron a decir nada, pero siguen con sus miraditas y cuchicheos gachos.

Lo bueno es que no todo el mundo es como ellas. También hay gente como la maestra Rocío, como mis papás, o como Vane, que piensan que lo que cada quien escoja para ser feliz está bien. Lástima que los papás de Oscar no son así. Ellos creen que pueden cambiarlo, pero si acaso ya lo llevaron con algún doctor, no está funcionando. Él y Jero se mandan correos y chatean todos los días.

Dice mi hermano que no pueden hacer nada ahora, pero que en dos años serán mayores de edad y podrán tomar sus propias decisiones. Oscar le prometió que volverá entonces y Jero le prometió que lo esperará.

No es un final feliz. Un final feliz habría sido esa cena que nos imaginamos alguna vez: con los papás de Oscar y nosotros aquí en la casa, luego *Hoy no me puedo levantar* en la sobremesa (con cuánto gusto la habría cantado) y al final un poco de *Dance Party.*

O bueno, el *Dance Party* quién sabe.

Índice

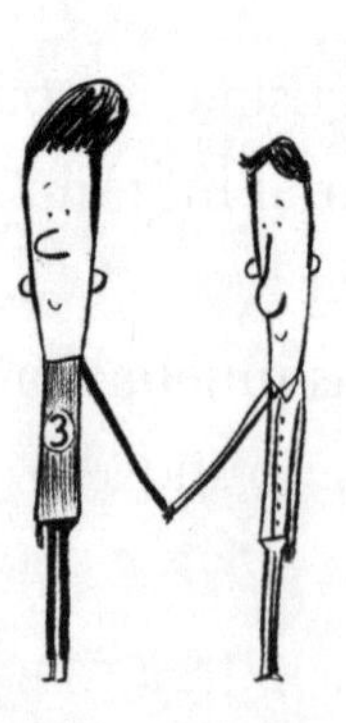

Sombras en el arcoíris, de Mónica B. Brozon, con ilustraciones de Guridi, se terminó de imprimir y encuadernar en marzo de 2017 en Impresora y Encuadernadora Progreso, S. A. de C. V. (IEPSA), calzada San Lorenzo, 244; 09830 Ciudad de México.

El tiraje fue de 10 000 ejemplares.